水を撒くティルル

広瀬弓

思潮社

水を撒くティルル　広瀬弓

思潮社

目次

III

装画＝辻憲　装幀＝思潮社装幀室

ティルル／神遊びに舞いながら謡う歌。神謡。

水を撒くティルル　広瀬弓

I

しるし

ひかりとばくはつ
ひかりとばくふう
いちめんのひかりのとんねるから
ひかりはひかりにむかって
とびついた

おかあちゃん　それどしたんね？

わたしは母の左目の下から頰骨にかけての黒いこげたようなシミが気になってよく尋ねました。やけどの痕とかガラスの刺さった痕とか曖昧にしか答えてくれないので、わたしは繰り返し尋ねたものでした。

六十年たった夏の日、やっと母は語り始めました。あの八月六日の

朝の話です

専売局の作業場
目張りされた窓と暗い壁と機械
あたしら女学生は巻いたタバコをばらす
作業をしとったんよ
突然じゃった
ピカーと白い閃光
ドーンという音
みんなを倒し床に押しつけたんよ
何が何だかさっぱりわからんかった
額にガラスの突き刺さった娘
機械につぶされた娘
どの娘も爆風に髪は逆立ち
顔はどろどろで
誰が誰だかようわからん
あたしの顔からも

血がだらだら止まらんかった
ずいぶんして
もうええか思うて外に出てみると
空がなくなっとった
ぼろぼろのものがぞろぞろやって来る
目の前には赤黒い動物の塊
なんじゃあ思うて
よう見ると
建物疎開で
外に出とった下級生たちなんよ
赤剝けて倍にふくれ上がった顔
目も鼻もありゃせん
だらりと上げた手の指先
人の皮をぶら下げて

おかあさん　それどうしたの？
わたしは母に目の下のうすくなったシミのことを尋ねてみました。

作業場に差し込んだ偶然を母は話してくれました。
締め切った戸口から外の日がもれて来て、母の頬に日光が差したそうです。光は明るい所に向かうといいます。
原爆が落ちたその時の、光と光の出会い。

〝ひかりをあげよう〟

いちめんのひかりのとんねるから

ひかりはひかりにむかって
やきつけた
いきる
うまれる
しるされる
しるし

（ヒロシマ　Ⅰ）

ときわ園

寺の門のはるか上、宙空よりなだれ落ちる瀑布の深い色が地上に垂れ下がっている。巨大いちょうは沢山の白さぎの卵を生み、ひなを孵し、そのうちの幾つかは糞や銀杏といっしょにぺちゃぺちゃ地面に落としながら、自らも成長していった。

わたしの幼稚園だった頃、寺はときわ園という名前だった。おゆうぎ会で「しらさぎのおどり」という演目を踊るピンクの裏地の着物に白い花冠のベールをかぶった三人の幼女が、片足を横に跳ね上げた白黒写真がアルバムに残っている。

母の若い頃、盆踊りが行われた時のこと、門の右手にある大いちょうの樹の周りを白いものがふうわりふうわり飛んで、みんなの頭上から坂道の向こうの太田川の土手を越えるように消えていった。ピカドンの後、川の浜に流れ着く夥しい死体の山の記憶がまだ新しかったので、幽霊だ、亡霊だとみんな肝を冷やして家に帰ってしまった。

久しぶりに「お好み焼き　あらい」ののれんをくぐった。子どもの頃焼いてくれた人がこのおじいさんだと思うと、目が離せなかった。店の真ん中にある九〇×二〇〇cmくらいの鉄板に火を入れ、金属ヘラでこびりついたかすをこじり取り、表面をザースザース掻きなぞって薄く油を敷いた。

血骨の染み込んだ太田川の砂汁でクレープの皮のようなお好み焼きの皮を焼くとなりで、もやしなどの野菜を炒めその上に乗せた。うっすら血の滲む縮れた動物の肉と、黒い曲がった爪のかけらと膿にまじった蛆をトッピングして、その上からもう一度砂汁をだらりとかけ、ひっくり返して鉄板に押しつけた。盛り上がった嵩をジュージュー潰して平たい形に整えながら、おじいさんは「スペシャルじゃ、スペシャルじゃ」と言った。

黙っていられなくなって、昔この辺りに住んでいて、昔食べたお好み焼きが食べたくてこの店に入ったこと、幼稚園はときわ園だったことを話した。おじいさんが「ほいじゃぁ、アレを知っとるんか？」と聞くので、まだ生まれてなかったが父は川向こうに、母は園のすぐ側に住んでいたと言った。それからさっき寺に行ったら、あの大いちょうに「被爆樹木、爆心地から一一六〇メートル」なんてプレートが付けられていたことも話した。

「あの樹よ、あのいちょうがおったけぇ、火が止まったんじゃ。対岸は火の海、なんものうなるまで舐め尽くされとった。恐ろしい勢いで迫って来る火の高波に、もう仕舞いじゃ思うて家を捨ててみんな逃げよった。火は川を越えそこまで来た。それがどうした訳か、あの樹のところでぴたりと止まったんよ、不思議じゃろう？」

原爆の火と戦ったいちょうが思い切り広げた腕、焼け焦がされようと踏み止まった胴体。それを思うと温い水が湧いて来て上気する、誇らしげなおじいさんの顔。この地に生えて来たことで備わった単純な何かに、わたしたちはつながっていた。

「これも乗せちゃろう。」おじいさんは、ポンポンとさぎの卵を二つお好み焼きに落として刷毛でソースをこってり塗った。

（ヒロシマ Ⅱ）

黙禱の朝

文房具屋のおじちゃん
がらがら声でこらっと叱った
叱った顔をくにゃりとゆるめ
柳家金語楼《きんごろう》そっくりの笑顔をくれた

オジチャン　ナニシトルン？
あんたも黙って祈りんちゃい
ナンカ　ヘンジャ
何がへんじゃ

おじちゃんの兄ちゃんも従兄弟も
死にとうないのに死んだんじゃ

生きたい生きたい言うて死んだんじゃ
イッタイ　ドシタンネ？

何でもええから手を合わせんか
ヨウワカランノニ　ナンデスルン？
おめぇ　それでも広島の子か
シトウナイモン　ヨウセン

こらっ　振り上げられるげんこ
おばちゃんが止めた
あんた　相手は子どもじゃけぇ
今は平和なんよ

情けねぇ
おじちゃんは口の端を震わせ
笑顔のかわりに
目尻のしわから涙を流した

八月六日は黙禱の朝
サイレンが鳴っていた
大人たちは家の外に立って
目をつぶり頭を下げた

（ヒロシマ　Ⅲ）

影ふみ

夏の日差しを建物の陰にさけ
少女のわたしは銀行の石段にいた
そこだけ周囲の雑踏が
消えたように静かだった
石の黒く焦げたところと
まわりの白っぽいところを
見くらべながら
母の用事が済むのを待っていた

原爆が落ちた時
ちょうど人が坐っとって
影だけそこに残ったんよ

以前、母が教えてくれた
熱線を受けて白く変化した石段
体の陰になりそのまま色を残した石段
影の上の何もない空間に
人間ひとり

残された平面の形は
見れば見るほど不自然に思えて
水たまりのように影をのぞきこむ
向こうの世界が見えてくる
真下からその人を見ているのではないだろうか
体は石段の裏側に在りそうだった
どうしても確かめたくなって
影をふんでみた

足先を伝わる振動
だんだん強くなり脛までできた

気がつくと足首を摑まれ動けなかった
膝・腿・腰
これが腸　これが子宮　これが胃
さぐりながら上ってくる
失ったものを確かめながら
わたしの内側にぴたり張りつく
逆立つ髪の女

心臓を摑まれる
観念した瞬間
風がながれて
足が動いて
あわてて日向に飛び出した
濡れて冷たい体
わたしはわたしを抱きしめた

「やあ　おばちゃん　元気」

「はぁい　元気ですよ」
八月六日の朝
銀行の石段に腰掛け
その人は青年とあいさつを交わした
顔見知りは行き過ぎて
その直後……

（ヒロシマ Ⅳ）

＊「人影の石」は住友銀行旧広島支店入り口にあった石段で、現在は、原爆資料館に展示されている。

ガニとガラ

父の寝ている和室から音づれがする。


〈ガニ〉

大学病院のリウマチ・膠原病科で分からないので、難病指定病院の神経内科に行った。

ＭＲＩの結果、脳髄に損傷は見られません。この科でやれることは終わりました。と先生は言った。

指のつけ根が手の平に硬く飛び出し、節くれ立った関節から有り得ない角度で反り返り曲がっている。打ち震える手は耳の横までじょじょに上がっていき、まさにお手上げ状態。

脇を支え立ち上がらせようとしても、ひれになった両足はひらひらして容易でない。

最新の医療機器で輪切りにしても悪いところが見つからないのだから、残るは憑きもの落とし？

わたしは父の姿を蟹《ガニ》と思った。


〈ガラ〉

ふとそこへ気が向くことがある。指定の時間に間に合わないが、原爆ドームに寄りたくなった。すでにわたしたちには、ドームは日常の風景になっていた。

なにかに求められてレンガ瓦礫の散らばる柵の周りを巡った。見上げると、がらんどうの姿が空に向かって開いている。

剝きだしの鉄骨と崩れ落ちた壁の空洞にざわざわ騒がしく集まって来る腕たちと違い、ドームは静かに空虚だ。

建物の骨格内に石碑か墓石のような崩れた柱の残骸が、…ミテ…ミテと声を掛けてきたので水を撒くと、

…ナクナリ…タイ
永久保存…サレ…タ…

標本になり人目に晒された献体みたいに、残痕の寂しい声は言う。

魂魄の容れ物だった肉体のように、ドームは滅びを望むのかもしれない。
わたしはあなたをガラと呼ぶことにする。

中空の箱
あるいは球体の器が
音の波に震え始める
かすかに貝殻が鳴る
純音だけが動かす糸が繋がり
糸は純音だけを膜にぶつけて
興奮が生まれる
共鳴する

音づれに、薄く襖を開け和室の中を覗き見る。
父の体をなにかが衣服の裾をたくし上げるように引き上げている。
肩を摑んで後頭部からズボンを履くようにずいずい入り込んでいった。

精霊は引き受ける者と共鳴し、その頭部に合体して現れると聞いた。

くっ　父の喉が鳴る
打ち震え始めた手の指が
有り得ない角度に歪んでいく
(ガラ？
ガラの面を付け
ガニの口が言う
ヒトノカラダ…ナクナル…カラ
カラダナクナル…
…マデ

この町と被爆した父
家を建て勤め上げ
父はヒロシマを生きてきた
中空の箱
ドームはヒロシマを生きつづける

ガニの手に似たものを資料館で見た気がする。

（ヒロシマ Ⅴ）

ことわり

太田川は七つに分かれ
川の流れは三角州を作り
ヒロシマを生んだ

人の手で焼き尽くした土を
人の手で守り続けてきた火で鎮める
水から現れた両手の中に
消えることのない火が包まれていた

水の女は火種があります

蓮のつぼみのような

乳白色の重なりです
わたしと出合って
あなたの中に火が生まれました
あなたの炎は生まれ変わるでしょう
浄化する
水にはみずを
呼び起こす
火にはひの

（ヒロシマ Ⅵ）

Ⅱ

蛍は

日が落ちて橙色の三日月と金星が
ほど良い距離を保ったまま
山の裏側に傾いていった

誰も踏み入らないように
「危険　立ち入り禁止」と
札の掛けられた小さな山間の谷
闇の濃淡にわたしたちは
吸い込まれていった

白っぽくもやもやした闇
灰色の岩のような闇

傷のない漆黒の鏡のような闇
闇たちが重なり
堅く合わさったところの
穴の川を知っていた

水草が絡まる沼の濡れた土
三本杉の境界をこえた向こうから
下草を分ける細い流れ
椿の木の根元あたり
しょぼしょぼ湿り出している
割れ目があるのを知っていた

その人の肩がわざと触れる気がして
わたしの体はびくんびくんと打った

蛍は
濡れた尾の光を引いて降りてくる

蛍は
甘い露を吸いに降りてくる
水魂が湧いてくる方へ
わたしたちは近づいていった

二度目の夏を過ごして

人は聖地を創り出すこと、また動植物を神話化することによって、
その土地を自分のものにする。土地に霊的な力を与えるのだ。
——ジョーゼフ・キャンベル

帰って来たと言っても四、五日の旅からで、出かける前日も逢いに行ったのだからまた行くこともないと思っていた。

ハルジオンのゆれる空間に、暗号のような「と」「の」「な」の文字を浮かべ名前を教えてくれた。あれから古墳の丘の四季は巡って、二度目の夏を過ごしていた。

この頃あなたはわたしを恋人のように呼ぶことがあった。旅に出かける前日、いつもの場所に迎え、キツネノカミソリやウツボグサやツリガネニンジンをちりばめた夏草たちで包んだ。

蔓性の白い花のつぼみがわたしの周りをぴかぴか取り巻いて、特別

ウルフが気になると言うから

わたしに憑いているウルフは青年で、黄金色の一筋のたてがみがある。ふんわりさらさらのたてがみを、とても気に入っている。

ウルフは雑木林の向こうに何があるのか気になると言ってわたしを誘った。相模野の古墳の丘の細い道を行かせた。

ＫＤＤＩの電波塔を右に見てくぬぎ林を進んで行く。ふかふかざくざく雨上がりの落ち葉を踏むと、足元にどんぐりがころがり出てくる。

誰にも会わない道。向こうのあの木まで行ったら引き返そう。

高いところの木の葉だけがざわめく。この先に滝でもあるような水の流れる音で惑わす。

視界の開けた紅葉の広場に出る。黄色の目立つ明るい場所に入ると、ざわめきは鳥の声に変わっていた。

古い椎の木の前で立つと、コゲラ、シジュウカラ、ヒヨドリ、何種類もの鳥たちが騒いでいる変なところ。

鳥たちはひとしきり騒いで林の中へ飛び去っていった。

向こうのあの木までと思ったところに着くと、道の先に何か見える。近づくと鳥獣供養塔だ。この辺りでは狩りをするのだ。

少し下る道は森の中に続いている。猟師が獲ものを追って迷い込む森に違いない。どさどさ音を立てて朴の葉が降ってくる、天狗の落し石のように。

オオカミが狩り尽くされ百年が過ぎた。殺《や》られることが無くなって、イノシシやシカが畑を荒らしている。

道を横に渡って倒れている木が、ここから入るなと言った。結界と思いながら道の奥に目をやって、はっと鳩尾《みずおち》が息をのんだ。白く光るものがある。

人も増え続け森を開いて畑を作った。山を崩して宅地を殖やした。けものの住み処が奪われていく。

急な階段道のてっぺんに祠がある。薄闇に発光する祠は、注連縄の紙垂《しで》にいっそう白く浮かび上がる。

山から溢れ出したけものたちを、人は再び狩りはじめた。

上り着いて朽ちた鳥居をくぐり、祠の前で手を合わせる。閉じた目

水をください

水神社の近くの木陰
テラスでお茶を飲んでいると
わたしに呼びかけるのは
江戸川橋の下に棲む
神田川の主だろうか

橋を渡る時
[illegible]に引っ掛かって
漂っている布があった
どぶ色のヘドロ膜と桃色のうすい布
艶めかしく交差する曲線
日は出たり雲に隠れたり

はげしく揺らめく光
水面が落ち着くと見えてくる
妖しい女のような顔
けだるく微笑みながら
華やかに着飾って
桃色の長い袖を
揺らしていた

どんな水がほしいのだろう
タイヤが転がり
サドルの突き刺さった川の底には
人との暮らしが垣間見える

江戸川橋の上から
水を撒いてみようと思う

「火の木」見るということ

天と地の間に「火の木」が立って燃え上がっていました。火を呼んだのはわたしの水でしょうか、水はにわかに騒ぎ出しました。

吉野の山から来られたその方の体は、ヒノキの寄せ木造りでした。世田谷美術館のホール天井まである巨躯を前にした時、その体を支える太い一本の左足にわたしの目と心は奪われました。

巨大な無垢のヒノキ、御神木?

地のエネルギーはまるでその足を通らなければ天に昇れないといわんばかりの激しい勢いで、螺旋にねじれながら、注連縄のかたちになって中心に流れ込んでいきました。

凄まじいエネルギーは、その方の逆立つ髪を燃えあがらせ炎の象となって天へ昇っていくのです。シルエットが壁を天井を揺らしていました。
そんな地球の内部が取り込まれていく様子に、わたしは圧倒され立ち尽くしたのでした。

見上げると黄金色に輝く目
――吸い込まれていた

額に閉じた第三の目
――人の肉体にもっとも近い炎

渦巻く木目の盛り上がる頬
――生まれて初めて木仏に心を奪われた

開口した口元にのぞく牙と舌
――おまえはおまえのままでいいと言われた

蹴り上げる右足の反り返る親指
腰にあてた左手の拳印
独鈷杵を握る右手
忿怒
燃え上がる焔
火の穂

「火の木」のシルエットは天を揺るがしていました。魅入られるとはこうしたことを言うのでしょう。わたしの時は止まり、いつまでも見つめつづけていました。
閉館になるまでその方の側を離れることが、ついにできませんでした。

炎ヲ治メルソノ方ハ
広イ海原　濡レタ森　衝キヌケル宇宙

宇宙ノ窓ニソノ方ハイテ
中心ガ揺サブラレルノデ
ワタシハワタシノ内側ヘ降リテイッタ
何枚モメクッテ　何回モ裏返ッテ
ワタシノ内ニモ宇宙ハアッテ
ヤガテ窓ヲクグリ抜ケテイッタ
ソノ方ノ果テシナイ全体ノ内デ震エル
ワタシノ内ニアル真理
ワタシノ外ニアル真理
記憶細胞ニナッテ夢見ルヨウニ
ソノ方ノ姿ヲイツマデモ見ツメル

見る／見入る／見入られる／魅入られる

大地を摑み天空を破る炎を見上げ、わたしの水がいつまでも騒いでいます。こころには、「お迎え」のことしか浮かばなくなりました。吉野の奥千本に、その方の魂を見つけに行こうと思います。

＊木造　蔵王権現立像　修験道の開祖、役の行者が本尊として祈り出した仏が、蔵王権現である。役の行者は感得した際、その姿を山桜の木に刻んだという縁起から信仰者による献木が続き吉野山は桜の名所となった。二〇〇四年「紀伊山地の霊場と参詣道」が世界遺産に登録されたのを記念し、金峯山寺に所蔵される蔵王権現立像が、世田谷美術館で公開された。「吉野奥の院」と称された安禅寺に本尊として祀られていた四・五九メートルの巨像である。神仏分離で安禅寺が廃寺となり、本尊のみが金峯山寺に移され生き残った災禍の仏像である。解体修理が施され出展されたが、寺外での公開はこれが最初で最後になるだろう。

（解説文要約）

水穴

奈良は夕暮れを迎えていた
わたしは
龍穴に水を撒くために
室生の里にやって来た

何が動かしたのだろう
心に落ちるものがあったのか
タクシードライバーの男は
神妙にしていた
帰りの迎えを頼んだのだが
迎えに行くならそこまで行かなきゃならん
行きはただで乗せてやるよと言って

道の分からないわたしを
渓谷まで送ってくれた
道は細くなるばかり
たがいを誘うように
暗い底の方へ降りていった

鈴の音が響き
紙垂《しで》の白い花びらがゆれる
岩の割れ目から流れ出る水
平安の時代
雨乞いをしたという
龍の棲む穴に
わたしが水を撒くと
冷たい息のような風が吹いた

帰りのタクシーの中で
乗ってくれてありがとう

男がわたしにそう言ったので驚いた
水場を歩いたせいか
二人のズボンの内股は
泥にまみれて濡れていた

わたしと男が何を届けたのか
分からなかったが
雨が降らない日が続いたり
台風や大水の出た日には
思い出した

木を眠らせる歌

感謝と祝福の歌を受け木は眠りました。そして切り倒され、削られ、刻まれ、木は再び大地に立てられました。眠りから目覚め、そうとは気づかぬまま以前と同じように立ち続けています。

森でなにかを探すとき
こちらも本当にきれいにならなければ
あいてに見つけてもらえない
かたられ／ささやかれ／うたわれ／さとされ
えらばれた一本の木に
しみ込んでいくしらべ
「野生の目と閃光の一瞬を交わし

その後ろにある無限のひろがりをともにする」*
かぜになり／あめになり／なみになり／ひかりになり
包まれていることを気づかせない
空気のような祝《はふり》のしらべ

クリンギット族の語り部ボブ・サムは、親友だった男、星野道夫のために一本のトーテムポールを立てました。クジラ、カリブー、クマと道夫の顔が刻まれていました。それは、大地と海の精霊とひとつになる物語でした。

トーテムポールになって森に立てられた木は、自分がトーテムポールになったと気づいていません。太陽の光を受け大地の水を吸い上げながら、樹木であった頃と同じように立ち続けています。

歌や木は石よりずっと早く大地へ戻っていきます。文字を持たない一族には、森の中に朽ちて消えることを許された文化があります。ボブから木を眠らせる歌を聞いたあと、わたしたちは立ち枯れの森を巡りました。

＊星野道夫のエッセイより

十三夜

白い大きな月
こうこうとつよい光で
わたしの体を照らし
心を覗いていた

左の前方ななめ上空で、白い狐が流線型に体をのばし、回りながら浮かんでいた。やがて生成の丸、渦巻く螺旋、からみ合う三つ巴、図形を描いて中心が開いていった。それをわたしは月と思ったのだろうか。

夏のころ、奥吉野と熊野の境、玉置山の三柱神社に水を届けに行った。熊野のおじさんが「この穴に向かって願かければ必ず叶うよ」

と耳打ちした。神社の境内に誰もいなくなったのを見計らって、わたしは穴に向かって望みを叫んで走って逃げた。
（お使いは何かを願ってはいけないと知っていたのに……）

　イイマシタネ　キキマシタヨ

細くつり上がった目、裂けた赤い口、ほくそ笑む白い気配。けものの影が穴に駆け込んで行った。引き替えにさし出すものは何だろうと後悔した。

三柱神社は古く三狐神《みけつかみ》＊と呼ばれた。村人は狐憑きを社わきの格子の部屋に押し込め、除霊を願った。狐が出入りしたと言われる穴の奥には、今でも闇が続いていた。

二ヶ月して、雑誌の懸賞に当たったが、恋は流れようとしていた。十三夜の月影に心を明かされ、体は乱れる。唇で触れた人の冷たさ。離れていくのを感じながら会っている、さみしい快感。

白い大きな月
こうこうとつよい光で

わたしたちの間に
すっと　狐の影をさした

＊三狐神（御饌津神《みけつかみ》）倉稲魂神《うかたまのかみ》、即ち稲荷の神の一名。狐を古語で「けつ」と言い、「三狐神」と当て字されたので、狐に付会される。

たなばたつ女、川の瀬は教えてくれた

白と黒と銀のさざ波立つ川の岸辺に佇み、わたしの胸はざわざわ騒ぐ。

向こうからの水とこちらからの水は落ち合い、荒れながらぶつかる。せわしく逆立つ流れに押し戻され、湧き上がり、巻き上がり、水の火花の中に開かれる水の口。

逆立つ音に耳を澄ますと、ぼこ・ぷく・こぽ……底の方から水の湧く音がする。水のつぶやきは倍音のようにずれながら流れに紛れている。

天つ神が天から舟で山の頂に着き

山麓の御阿礼所《みあれ》に降り来る
用意した御蔭木《みあれ》によりつくと
　人々は川端に引いて行く
川に来ると神は木から離れ
流れにもぐり御生《みあれ》して姿を現す＊

胸のざわめきはいつか鎮まり、たなばたつ女が「みあれ」の物語と
降りて来てわたしに重なる。

　瀬のほとりで機を織り
神のおとずれを待つ巫女
　たなばたつ女は
神が川にもぐられると
流れにその身をくぐらせ
御生する神をすくい上げる＊

せわしく逆立つ流れの中の倍音のようなつぶやき。たな造りの隠れ

家で天降りを待ちわびたまま、思いを遂げることなく生を閉じたと
語った。

白と黒と銀のさざ波立つ川の岸辺に佇み、すくい上げようと物思う
わたしに、

まだ……　その時ではない……

たなばたつ女、川の瀬は教えてくれた。

＊筑紫申真『アマテラスの誕生』参照

Ⅲ

イザイホーの夜

イザイホーの夜
カベール岬に来ていた
すべてがこの場所に向かって動いたから

満月の滴る瑞々しい星空。天空から月と星の水が絶え間なく降り注いで、岬は光の洪水だった。
夜のドームの底、岩場の先端に仰向けになり、天から降りる放射状の光を全身で浴びた。背中に温かい鉱物の地熱をざらざら感じて。

自由な魂が飛びたっていった
思いは外界と結ばれ
思いはまた別の思いと結ばれ

つながり拡散する種子になったり
粒子になって消えたりしながら
わたしの内に降りた
時を待って発芽した種子
島の声は「おいで」と呼んだ

闇に姿を隠した海が岸壁を這い上がり、繰り返し背中を突き上げた。アダンの棘が指先に触れる。響きに抱かれ体は麻痺していった。やがて人形《ひとがた》の器になったわたしに、月と星の水は注がれた。最初の夜の、子の刻遊びのティルルが流れたが、器の耳には森の調べは届かなかった。

開かれる
広がる
光に濡れそぼつまま
寂しかった

いくら注がれても
満たされない器
びしょ濡れになって
月は水は女は待ち続けた
血のようなもの
満ちたくて

島の女は神名を受け継ぐ、明かしてはならない。

（カベール岬に呼ばれて Ⅰ）

＊イザイホー　沖縄の神の島と呼ばれる久高島で十二年に一度、午年の旧暦十一月十五日から四日間行われる神事。島の女性が神女として資格を得る祭り。

イザイホーの朝

岬に立って夜明けを待っている。止まった世界は一枚の濃紺のスクリーン。空中のものたちは地に沈み、地上の石や草は顔を伏せ静寂に固まっている。

つぶやき？　見えない海原の片隅で小さなカニが震えだす。細かい泡がふつふつ吐き出されぶつぶつ潰れていく、その繰り返しのようなかすかな音たま。

おとずれの兆しは見えない場所で始まる。音だけが鳴って何も変わらないと思われた場所に、透明な一本の線が引かれる。線の下には静寂を破るものの気配がする。

（ここにいる

つぶやく泡は膨らみ溢れ、きりきりと別の声に変わっていく。その声に応えて、一本の光の線はわずかに黄味を帯び賑やかになってきた。

黄色味がかった光の粒が濃紺を浸食しながら、グラデーションの帯になって前へ前へ伸びてくる。まだ岬の先には空も海もない、どこまでも濃紺の銀幕が続いていたが。

ぐいぐい蜜色に腐食されながら濃紺は光とせめぎあう。せめぎあいを繰り返し、かたくなに新生を拒んで光の群と争う。

（ここからうまれる

空間が現れる。藍色の空と海に区切られた世界が見える。濃紺のスクリーンはすでに砕かれ、細かい粒になって波間に浮かんでいる。

寄り来る光とわたしは足元から重なって。

（みて　みて　みて

地上に列石サークルのような白金の環がめぐった。その中央に天の柱が立ち上がる。光に埋もれ腰から下は見えない。わたしを包み込み、わたしが迎え入れた烈しいおとずれ、その輝き。

崩れていく闇の光景に立ち会い、夜があったから朝が来るとわかる瞬間。月と星の光に満たされない寂しさは、朝を迎える供となって報われていった。

わたしのまわりを世界は流動している。世界は自由に通過していく。石や草も起きだした。森のティルルが聞こえている。

イザイホーの朝、わたしは生まれる。

（カベール岬に呼ばれて　Ⅱ）

はじまり

琉球の根っこの話に耳をかたむけ
ここからはじめようと思う

虫をとったり
魚を釣ったり
息をひそめて
鳥を見つめたり
自然といっしょになる時間
奪われようとしているって
都会の片すみで
おそれていた

人間なんかのすることで
自然はなくなったりしないさ
姿は変わるかもしれないけど
旅先で出会った島の男
そう言って太巻きずしを差し出した
初めて人から餌をもらったネコのように
警戒しながらそれを食べた
食べたもんだから
なんとなく打ちとけて
人は人が好きなもの
それが当たり前のことだよ
なんて話を素直に聞いた

人を好きには成り切れないけど
当たり前の話をしてくれた男
好きになった

海の上に空があり
雲の下に島があり
遙か彼方に永遠が見える
琉球の当たり前の根っこの風景へ
つながって

火の音《ね》

帰るなら心臓の音を聞かせて、汗ばんだ胸毛の上にわたしは耳を当てた。その人の胸は仲原《なかばる》遺跡の地面と同じ、何も聞こえてこなかった。

湿って青臭い雑草の上
地面に頬寄せ寝ころがる
草の目線で眺めれば
音もなく草は靡いて

風の形が見えるばかり

耳に届くものはない

水がくれたその人の身体、心臓は水中で鼓動する火の石。膨らんだり縮んだりする光の和音に触れようとして、頭から石の火に落ちていった。

石灰岩と粘土の床

復元された竪穴の住居

出土した人骨の形に重なり

土器とジュゴンの針にうつり

ゆらめきはじめる

風景の彼方で

島で生まれ、島で育った人。太陽と月といっしょに季節を巡り、水と土といっしょに風の話をした。島を離れて暮らしていても、祭りの時は戻ると言った。

とおくふかくふるえる火

その人の胸に耳を澄ます　鮮明な光の空に向かって地表から巻き上がり　琉球の青を黒く斑に揺るがせて

風

風を見る時

火の音をわたしは見る

なごり石

なぜこれが海の証拠なのだろう。握り拳より小さな穴だらけの黒い
軽石を手の中でざらざら確かめる。

比嘉の山裾を散策していると、村のおじいが落ちている黒い軽石を
わたしの手の平にのせて「昔　海がここまで来ていた証拠さぁ」と
呪文のように言った。
古い海のなごりの石、あの人と持っていようと二つ拾って帰った。

原始の海に体を寄せる。光の波紋をくぐりぬけ、色のない青の底に
降りていく。洞穴の淵で龍神の黒い胴体がゆるりとくねる。
波動のうねりゆらゆらのぼり青を開いていく。

あの人に手渡せず半年が過ぎた頃、海の中で火と水のスパークが起

きた時、黒い軽石ができると聞いた。

海底の断層に亀裂が走る。内部から噴き出すマグマ、ガス、水蒸気。
強烈に熱い固まりが海という重量をはねのける。渦巻く水煙、突き
上がる火柱。

地殻からうねりでる炎は、粘るように水とからみ合う。引き裂かれ
ながらくっつき合い、爆発を繰り返す。火と水のスパーク。

荒ぶる海の記憶が響く多孔質の冷えた岩石、浮石とも呼ばれる。比
嘉の渚に打ち寄せられ、数千年の時を経てわたしに拾い上げられた。

原始の海に五官を澄ます。手の中でざらざら確かめながら、さめた
地心の熱を思う。龍神の守る洞穴がくらりとゆれる。
伝言のささめききらきらのぼり青を閉じていく。

秘められた火の思い、なごり石は手渡せなかった。だれがあの人を
握っているのだろう。

鹿の洞穴

「ここからは一人で行っておいで」
地上で待つとユタは言った。

ガジュマルの落ち葉やアダンの棘の葉を取りのぞいてサンゴ石を並べた小さな拝所。後ろに大人を横に寝かせたくらいの穴が斜め下へ続いている。ざらざらした岩を摑み降りて行こうと身をかがめた。

(写真を撮ろう

見せたい人があるような気がして、入り口上の壁岩と穴を写した。それからすり鉢の底へ小石と木片を斜めに滑って、降りきった所で頭上を見上げた。降りて来た穴は二階の天井より遥かに高く、三角窓の形で亜熱帯の光と風と行き交う蝶のシルエットを映していた。

（ここが境目

わたしは横穴を左へ、闇の中に入って行った。懐中電灯の目で右上から下がったつらら状の鍾乳石を見ながら進んだ。しばらくは立って歩けた。つららの向こうの闇から、水の気配はしなかった。見られていると思った。

（耳をかたむけて

足元のざくざくするホールに出ると、不意に蛍光色の白さを感じる。合唱？　懐中電灯の目の中に太く滑らかな鍾乳石の柱、ほほ笑む女神が立っていた。周りを囲む石筍たちがさざめきながら煌いていた。

（ここではない

島人の祖先に狩られて絶滅したと言う琉球鹿。洞穴の中に骨が祀られているとと聞いていたので、ユタに尋ねたことがあった。

「(あなたたち) ぜんぶ食べちゃったの?」

「うん、食料事情はいつも厳しかったからね」

あの時からわたしは、ユタが胸の中に引き継いで来た古い火に強く魅かれるようになった。

静かな洞穴の
水の静寂は破られた
狩る者と狩られる者の火のやりとり
一万六千年前の濡れた瞳
滞った光と放たれた影
石灰岩に溶け痕跡となって
地上の風を思っている

あたりは洞穴の呼吸に蒸れていた。蠕動する壁に包まれ、ついに洞穴の心臓が姿を現した。褐色の筋肉の塊が血管の房を吊り下げ宙に浮いている。奥には巨大な臼の歯のような鍾乳石の丸いステージ。

歯から口腔へ続く未知の闇の向こうから水の気配が漂う。水に侵され滑らかにされた幾層もの流れの跡。

（ここだ

わたしが持って来た水を撒くと、洞穴の内臓がぼぉぉと鳴った。どの場所も渇いていると思った。水をもらうことは出来なかったが、たくさんの光景を焼き付けて引き返した。

（この世が見える

ふたたび三角窓の下に立ち止まり、光と風と蝶のシルエットをしばらく見上げた。頭上に降る乳白色の光の先で生きものとそうでないものが絡み合い蠢いている。触れることの出来るざわめきにおいも明るい。

生まれ変わるように穴から出て来たわたしに、ユタは尋ねた。

「骨はあったか？」

「…………………」

写真が出来て驚いた。壁岩に埋まった白い骨の形。ラスコー洞穴の野牛の絵さながらに鹿の全身が現れ出ている。わたしはもうその場所に行けないだろう。

この場所に待たれていた

籠もる日の仄かな大気のゆらめきと新生のかがやきをまだ見たことがなかった。太陽が月に隠れる時と場所に、わたしは奄美大島の大《おお》笠《かさ》利《り》港を選んだ。

日食の旅の神女が告げた。琉球王国が島津氏に侵略されて以来の、恨みの怨念が岬に集まっています。謝ること、ただひたすら謝ること。

沖縄の詩人は言った。島津に分割され薩摩藩の支配下に置かれるまで、奄美も琉球だったから沖縄と同じ文化圏なんだよ。

大笠利の港には大島奉行所跡があった。薩摩藩の直轄地となって大島全体の行政機構がここに置かれたと書いてある暗い杜に、石垣が残っていた。

奉行所跡のそばにあった「辺留城《べるぐすく》古墓《こぼ》入口」の道しるべを行ってみた。畑の間を抜ける小径にアサギマダラが舞っていた。

小径が海に面した崖っぷちまで来た時、朽ちて読めなくなっている説明書きの先に十五センチ四方の墓石が、海の向こうを見つめて十本くらい立っていた。

琉球征に功名を立てた役人の名前が刻まれたもの、文字は無く仏の形が彫られたもの。シュロの葉に群れるウラナミシジミが古墓のまわりを乱舞していた。

古墓の奥に雨水溜めか、井戸のような四角いものがあった。ずらしてある古びた蓋は長い間そのままだったらしい。夏草に埋もれ、すべては時と共に渇いていた。

ドコニモ……イケナイ……

この場所から聞こえたので、わたしは持って来た水を蓋の内側の闇の底に撒いた。待たれていたとわかった。水を流して水に流して、この時を待っていた思いは解けて。

島では蝶をハベラと呼んで魂の形象に重ねる。ハベラはふわりふわり海を渡り、島と本土を行き来して思いをつなぐと唄われる。

日食を古墓の岬の下で迎えた。夕焼けのような空の音、引いていく海の色。海面下だった岩が現れ、あたりは暗くなっていった。

大気は急速に冷え、日暮れの闇が降りた。
犬は遠吠えを忘れ、アジサシもハベラの群も消えた。
皆既の三分二十二秒間、海は止まった。

ゼロの記号で現れた「日月《とき》」の沈黙
天空の闇に黄泉の穴が開いている
(隠れていようか、黄泉から戻ろうか
月の戸を立て日はもう少し籠っていたかった
そろそろ
海が鳴くよ

杜の息は音になって

二〇〇九年、七月二十日。

皆既日食を体験するため奄美大島に来ていたわたし達は、島尾敏雄さんの小説や吉増剛造さんの「島ノ唄」で知っていた加計呂麻島に行こうとしていた。島へは古仁屋港からフェリーで大島海峡を二十分ちょっとで渡れた。

乗船券販売所で受け付けを済ませ、車の待機所で待っていた。やがてフェリーが桟橋に着き車の乗船が始まった。順番に誘導しますと言われたのに、明らかに後から来た車が先に乗船していく。最後の一台でわたし達の軽自動車はどうにか乗り込めたが、先からきちんと並んで待っていた三台を残してフェリーは出港していった。

気の毒。あれがわたし達だったらさんざん文句を言ってやる。窓口の人がいい加減な読みで切符を売ったのだろうか、後から割り込んだとはいえ乗船券は持っているのだから。がたがた言いながら半ばほっとして船上デッキに上がり、日よけ屋根の下のイスに腰を落ち着けた。船内と違って日焼けは気になるが、海峡の潮風を受けるオープンな場所は気持ちがいい。と、屋根の周りを飛んでいる黒い虫に気が付いた。黒いカナブンがどこかに止まるでもなく直径三メートルくらいの範囲を前後に位置を変えながら飛んでいた。かなりのスピードで進んでいるフェリーに伴走する小さな虫。風を切りわたしの周りを旋回して見える姿に、公園のベンチにでも坐っているような錯覚を覚え、不思議な気持ちになった。渡りをする蝶の話は知っていたが、虫達も島と島の間をこんな風に行き来するのだ。黒カナブンの大冒険を応援したくなる。「わぁ、虫が飛んでる」。子どもが気づいて声を上げた。帽子を取って捕まえようとしている。万事休すか？　黒カナブンよ海に落ちるな、航海の無事を祈る。

加計呂麻島がかなりはっきり見えてきた。「島ノ唄」を見て、緑色に薄赤茶色の層がぼやけるように滲んで見える島の色彩に魅かれていた。その通りの姿が青い海峡に浮かび上がってきれいだと思う。しかし昨日、ガイドの女性がこんな話をしてくれた。「昔は加計呂麻も奄美の原生林と同じイタジイの森でしたが、どんどん松に植え替えてしまいました。初めはあおあおと美しかった松も、他の地域同様に松食い虫にやられて壊滅状態なのです」。あの薄赤い色の層は枯れた松の姿なのである。

光線の具合であろうか、奄美は沖縄諸島や先島諸島と同じ亜熱帯でありながら、海や空の色が違うと感じていた。どんより濁ったものの存在をどこでも感じた。たぶんそれは人から来るのだと思う。光にも海にも森にも土にも生身ばかりではない、人の念が織り込まれて澱んでいるような……。そんな思いを抱いていると、車の方はお戻り下さいと放送が流れた。瀬相港も目の前に迫っている。黒カナブンは見えなくなっていた。

小石を敷いた小径を真っ直ぐ上がる、砂利音。玉石／珠石／球石／霊石／魂石／タマシイ踏んで島尾敏雄文学碑の前に。

碑文の中に「月の光を浴びて、自殺艇乗組員たちが、整備隊員や掌機雷兵の協力で、此月光の下の南海の果てを乗り行く自分の艇をみがいていた。……「出孤島記」」を読む。

文学碑の丘の一段上は見晴らしが良く、内海まで真っ直ぐ見通せた。かつて第十八震洋隊の本部が置かれた場所に、島尾敏雄・ミホ・マヤさんの墓石はあった。

墓前でわたしは冊子を取り出した。開かれたページから〝詩句による呼びかけ〟

を息にのせ声にして朗読した。共に在るとき訪れるおんちょうを探していた。
背後のイタジイの杜は深い。クスノキとタブノキの間をキノボリトカゲが走っていった。キロロロロロロとアカショウビンの声が渡っていった。

ああ降りてくる降りてくる。ミホさん？　マヤさん？　島尾さん？　隊員たち？　木の、石の、土の、魑魅たち。杜の息は音になってふるように降りて、水を空気をよどませていった。

木の葉ふり土つもり
紅の葉と黄の葉つもり
ちらちらと
シュロの葉によせ
木の葉の稚魚のつもり
銀の波ちらちら
アマミウラナミシジミの波
押角《ウシキャク》から呑之浦《ヌンミュラ》によせ
内海に銀の波ふるえ

泳いで渡ってくる女の
波ちらちらよせ
木の葉ふり土つもり

碑文の中に「…指揮官として呑之浦に基地を設営、出撃（死）を待った。この状況のなか押角の太平ミホと出会い、生と愛が燃え輝いた……」を読む。

玉石のタマシイ踏んで真っ直ぐ下りる、砂利音。後ろからわたしを通り抜け内海へ入水していく声の行列。

入り江に面した道を帰りかけた時、駐車場とは反対を示す矢印に気がついた。伸びた夏草をよけながら光の細かく震える内海に沿って少し行くと、あっと息を呑む光景があった。

土手に高さ一メートルくらいのトンネルのような穴がある。また少し先に同じような入口から奥になるほど上がった傾斜のある穴に、緑色のボートが収められていた。前部の左右にある白い数字が目で、船体下の赤く塗られた部分が口に見える艇の顔が覗く穴の側に、「震洋」についての説明書きがあった。（敵艦めがけて突撃する）二人乗りで機銃を積んだもの。震洋の顔は海の果てへ真っ直ぐ向いていた。そして艇の内には見えない人が横になっていた。これからもずっとだれかが寝そべり続けるだろう。たとえこの艇がレプリカだとしても…………………。

わたし達は海に向かって吼えるように空いた幾つかの穴を辿って言葉なく車に戻った。夏の夜、イタジイの杜からホタルが降りてくる。

水を環の形に撒く
水は王冠になり
水はティルルを歌い
水をほしいモノは扉を開けて

「と」「の」「な」とモノ語る

古墳の丘はトーノナイ

ハルジオンの向こう側

光の井戸を下りて行く

あとがき

　わたしが水のことをしながら旅をするようになったのは、まだ七、八年のことです。行きたくなる所には決まって水場がありました。水をもらって帰り、次の場所に届け、また水をもらうことを繰り返しながらその意味を考えているうちに、土や、森や、木や、石が聞こえるようになっていきました。

　水は命の源です。水を求めて来るのは滅びようとしているモノたちでした。そのモノたちの意識や思いを伝える語り部としての詩を書きたいと思っています。わたしを通して現れる言葉が間違っていなければ、モノはかならず語りかけて来るでしょう。

それからもう一つ、わたしは広島市内で生まれました。幼い頃から被爆地を生きる環境がありました。いつか書きたいと思いながらなかなか書けないでいたヒロシマの話も、いくつか書けたと思います。

最後になりましたが、作品が詩集になるため手を貸して下さった方々、見守って下さった方々に心より感謝いたします。

ここにつながるすべての人にありがとう。

広瀬弓

二〇一〇年八月

水《みず》を撒《ま》くティルル

著者
広瀬《ひろせ》弓《ゆみ》
発行者
小田久郎
発行所
株式会社思潮社
〒一六二―〇八四二 東京都新宿区市谷砂土原町三―十五
電話〇三（三二六七）八一五三（営業）・八一四一（編集）
FAX〇三（三二六七）八一四二
印刷
三報社印刷株式会社
製本
小高製本工業株式会社
発行日
二〇一〇年十月三十一日